命限りありて

山﨑 逆睹
YAMAZAKI, *Gekito*

ロダン「永遠の春」

文芸社

命限りありて ◉ 目次

悶々の日々……8
最後のツアーガイド……14
妊娠の喜び……28
癌の宣告……32
出産の喜び……51
わが子との別れ……56
あとがき……66

命限りありて

そこは、白壁の冷ややかな病室であった。

ふと目が覚めると、東側の窓からの光が、目に突き刺さるように射してきた。

首を横に向けようとしたが、動けなかった。

首は冷たい包帯でぐるぐる巻きにされていて、身動きもできない硬直した状態であった。

首筋に激痛が走った。

誰かに来て貰おうと、とっさに声を出そうとしたが声にならなかった。

そうか、舌を切除されてしまったのだと気づいた。

途端に、止めどもなく涙が流れ落ちた。声にならない声でひたすら泣いた。

一時して、「そうだ、私のお腹の中には赤ちゃんが育っているんだ、泣いてばかりおれない、どんなことがあってもこの子を産んで、一度でもいいから私のお乳をやってからでないと死ねない。」と、天井の一点を見つめ神に祈った。

「あと四ヶ月、私を天に召さないで……」と。

悶々《もんもん》の日々

一週間余り降り続いた雨もようやく晴れて、今日はしばらくぶりの洗濯日和である。母芙美《ふみ》は何かブツブツ言いながら洗濯物を干していた。

縁側で新聞を広げて読んでいた賢《さとし》は、芙美の洗濯物を干している姿を見て、母も年をとったなぁと、つくづく思った。

芙美は、来年には還暦を迎える年である。

庭には賢が絹《きぬ》との結婚記念に植えた、五葉の松が形の良い枝を伸ばしていた。その脇の池には、これも賢と絹が近くの氷川神社の夏祭りで、金魚掬《すく》いをして貰ってきたのが殖《ふ》えて、今ではこの池で金魚掬いができるほどである。

北側の木陰から黒い猫が、池の金魚をじっと狙っている。この猫はこの辺りの大地主である飯田家の飼い猫である。

「シーッ、いやだねこの猫お腹すいているのかしら、いつも家の金魚を狙っているのよ……」と、芙美は猫を追いながら洗濯物を干す手を休めて、賢に向かって言った。

「あなたたちは結婚して五年にもなるのに、どうして子供ができないんだろうね？」

「はやく私に孫を抱かしておくれよ。」

賢は、母の言葉を無視して新聞を読み続けた。

「賢、絹さんが帰ってきたら二人で病院に行ってみたら……」芙美は語気を強めて言った。

「絹と相談してみるよ。」賢は仏頂面で言った。

絹は城西旅行社の添乗員をしており、明後日ミュンヘンから帰って来る予定であった。

いつもなら海外旅行から帰国する際は、必ず帰国の二日ぐらい前に電話がある筈なのに、今回はどうした訳かまだ電話はなかった。

絹は大学を出て二年間ドイツに留学した。その留学経験を活かして旅行社のヨーロッパ地区担当の添乗員になったのであった。賢と知り合ったのも留学中の時であった。

絹がフランクフルトの大学の中庭を親友のジュリアと散策している時、「日本からの留学生ですか?」と、声をかけて来たのが賢であった。

賢は、フランクフルトで開かれていた大学間情報システムの国際学会に出席していて、大学の友人に会いに来ていたのであった。

「ドイツに来て、君のような女性に会えるなんて僕はほんとにラッキーだった。」と賢は言った。

「私もあなたのような日本の男性に、ドイツでお会いできるとは思ってもいませんでしたわ。」と絹も答えた。

二人は賢がミュンヘン滞在中、毎日のようにイザール川沿い南北に広がるイギリス庭園の散策を楽しんだ。

川沿いでは多くのヌーディスト達が思い思いに肌を焼いているのが見られる。賢がヌーディスト達を見ながら、時々目のやり場に困った顔をするのが、絹にはおかしかった。

「こちらの方達は、自由奔放なのかしら？」と絹が言った。

「日本では考えられないね。」賢が答えた。

若い男女が裸で顔を近づけキスしている姿は、ロダンの彫刻「永遠の春」を見ているようで、絹には美しいとさえ思えた。

絹が二年の留学を終えて帰国した時、賢が空港に迎えに行きプロポーズして二人は結婚した。

二人は結婚してすでに五年にもなるのに、いまだに子が授からないのが、悩みの種であった。

日頃、義母の芙美がなにかと近所の孫の話をし、それを聞かされるのは、絹には辛かった。

ある時、芙美が回覧板を手に勝手口から入って来るなり、「お向かいの高橋さんのお宅では二人目のお孫さんが生まれたそうよ。」と絹に向かって言った。

絹はまた子供の催促かと思いながら、「男のお子さんかしら?」ときいた。

「一姫二太郎だと喜んでいらっしゃったわ。」と、芙美は羨ましそうに声を弾ませて言った。

そんな些細な話題でも、絹には辛いものがあった。

まして、向かいの高橋家で二歳半になる孫のカタコトの言葉に、家族一同大笑いしている様子などを、羨ましそうにながめている賢に絹はすまないとすら思うのだった。

「私にどうしても子供ができなかったら、私と別れて新しい奥さんを貰ったら?」と絹が冗談まじりに言った。

「そのうちできるさ。」と冗談とも本気ともとれる言い方で賢が答えた。

賢は、大学院を卒業して博士号を取得し二年ほどその大学でコンピュータシステムの研究を続けていたが、日本で一、二を争う総合研究所に請われて就職した。今では著名な研究者の一人である。毎日の勤務は朝ゆっくりだが帰りは遅い毎日で、夜中の一時二時になることも珍しくなく、絹と一緒に食事をとることは日曜以外はめったになかった。

日頃、絹は芙美と二人だけの味気ない食卓で「私は誰と結婚したのかしら……」と思うのだった。

絹は自分自身も勤めているので、賢の仕事を理解しているつもりではいたが、子供ができない寂しさからか、日頃の不満がついつい募ってしまい、近頃は不機嫌さを隠しようもなかった。

その絹の不機嫌さを察してか、「今日も賢は夜中になりそうね。」と芙美も不満そうに言った。

「医療データ処理システムの開発が急がれていて、夜中までずーっと会議が続くんですって。」と絹が投げやりな言い方で答えた。

「もう少し、何とかならないものかしらね。」と重ねて芙美が、絹に申し訳なさそうに言った。

芙美も絹も、子供さえできれば、毎日の生活にも張りができるのに、と思うのだった。

それに、杉村家は母一人子一人で、嫁の絹に子供ができなければ杉村家に跡取りがなくなってしまうことになり、嫁の責任は重大だと言えた。

こうした状況を考えると絹が身を引いて、賢に新しい健康な嫁を迎えることが一番良いのではないかと、絹は思うのだった。

絹はここ一年ばかり、このことを本気で考えていた。

最後のツアーガイド

絹は今回のドイツ・ロマンチック街道ツアーを最後に、添乗員を辞め内勤に移動させて貰うことになっていた。

ヨーロッパ・ツアーの添乗員になって六年余り、楽しいことも多かったが、大変な苦労もあった。同僚で結婚しても添乗員を続けていた女性もいたが、大概は子供ができて辞めていった。

近頃は、海外に進出している日本人も多く、国際結婚した女性や留学中の学生などが、現地でガイドを引き受けてくれるので、旅行社もわざわざ日本から派遣せず、現地のガイドを雇うケースが増えていた。

そんな中で絹の内勤希望は、会社にとっても好都合であった。

ロマンチック街道ツアーのガイドも、今回で十六回目である。

今回のお客さんは不動産関係の人達が多く、デラックスなツアーとなっていた。

新東京国際空港を発って、フランクフルト着。そこからデラックスバスでハイデルベルクへ、そして古城街道を経てロマンチック街道へ、ロマンチック街道で最も中世の面影を残すローテンブルクを案内し、ロマンチック街道の終点となるホーエンシュバンガウへ向かう。そこには白鳥城の名で有名なノイシュバンシュタイン城があり、このツアーのクライマックスはここで迎えることになる。

絹はツアー客の部屋割を終えると、ホテルの自分の部屋に入った。

絹の部屋からはノイシュバンシュタイン城を観ることはできないが、リンダーホフ城がわずかに観える明るい部屋だった。やっと一人になって「観光ガイドも明日で終わりだわ。」と言いながら、紺の制服を脱ぎ薄いピンクのワンピースに着替えた。

ガイド中着用しているばらの花をあしらった紅いスカーフに紺の制服は、きりっとした顔立ちの絹にはとても似合って絹も気に入っているが、この制服を脱ぐ時の解放感は、いつもながらにえも言われぬ快感があった。

一休みして、夕食をとろうと一階のレストランに向かった。その足取りは軽くスキップするような感じでレストランに入った。

ツアー客はそれぞれ好きな食事をとっていた。

一人でテーブルに着き、取り敢えずワインを注文した。そこへツアー客の一人がつかつかと絹のテーブルに近付いてきた。

「あの、失礼ですが、竹岡高校ご出身の加藤絹さんじゃないですか?」

突然旧姓で呼ばれて、絹は少し狼狽《ろうばい》した。

「はい、そうですけど。」と、訝《いぶか》しげに相手を見上げると、そこには恰幅《かっぷく》の良い頑強そうな紳士が立っていた。その紳士は不動産グループの一人だった。

「井上隆《ゆたか》ですよ。」

「え、一年先輩の井上さん？」

「そうですよ。」

「だって、苗字が松下ってなっているじゃないですか？」

「女房の叔母の夫婦養子になったもんで……」

「どこかで、見た顔だとは感じていたんだけど、すっかり貫禄ついちゃって……」

「君もこんなに綺麗になって、初めは全然わからなかったよ。」

「あれからもう十五年になるかしら？」

「お互い変わる訳だ。」

「いつわかったの、私だって？」

「さっき城を案内してもらっている時、小指を曲げたまま手を挙げる君の仕草で思い出したんだ。」

「それ私の癖なの、結婚して今は、杉村といいます。」

「いつ結婚したの？」

「もう五年になります、隆さんは？」

「僕は三年になるよ。」

「お子さんは？」

「去年双子が生まれたんだ……」

「双子、女の子？」

「そう。」

「可愛いでしょう、羨ましい……」

「君は、子供いないの？」

「できないの。」

「そのうちできるよ。」

「五年にもなるのよ。」

そこへワインが運ばれてきた。二人は思いがけない再会を祝して乾杯した。

絹は隆が高校を卒業する時、卒業記念の芝居に駆り出され、隆の相手役をさせられたのだった。芝居とはいえ絹にとっては、初めてのキスだった。

絹はあの時のときめきが、思い出されて顔が火照《ほて》ってしまい、それを誤魔化そうと、ついついワインを飲み過ぎてしまった。

青春の儚《はかな》く淡い思い出は、むしろ年を経てから恋々の炎となって、激しく思い出され胸を焦がすものなのかもしれないと絹は思った。

隆は飲み過ぎて酔ってしまった絹を、絹の部屋まで送って行った。

部屋に入るとその部屋から観える夜景は、ライトアップされたリンダーホフ城が黄金色に輝き夜空には蒼い月も浮かんで、幻想的な美しさを醸《かも》し出していた。

それは、二人の気持ちを高揚させるに充分な舞台となった。

あの高校生の時演じた芝居が、今現実のものとなった。

二人はあの時の芝居を演じるかのように、互いに寄り添い自然に抱擁した。

「絹ちゃんは、ほんとに素晴らしい女性になったね？」

「そんな、でも隆さんにそう言われると嬉しいわ……」

「絹ちゃんの両親は、福島の小野町出身だったね？」

「そうよ、それが？」

「絹ちゃんは、小野小町と同じ血を引いているかもしれないと思ってね……」

「小野小町はそこの出身なの？」

「小野町というのが秋田県と福島県にあってね、小野小町が生まれたのが福島で、晩年老後をおくったところが秋田だということだよ。」

「そうなの、ところで隆さん、今、お仕事何をなさっているの？」

「二年前に独立してね、会社を創ったんだ。」

「何の会社？」

「主に宝石を扱っているんだ。」

「すごいじゃない……」

「いや、女房の叔母の夫婦養子になってね、ちょっとした遺産が入ったんだ。その一部を出資して会社を創ったんだ。」

「宝石を扱うなんていいわね。」

「うん、今年は年商十億を超えそうだよ、この観光旅行もそのお客さんの接待旅行なんだ。」

「あの不動産関係の方達なのね？」

「そう、今不動産関係の人は金持ちだからね、一千万くらいの宝石をポケットマネーで買ってくれるんだよ。」

「すごいのね。」


空が白々とあけて、絹は目を覚ました。窓を開けると爽やかな風が絹の頬を撫《な》でた。隆はすでにこの部屋から出て行ったようである。

絹は全身が気怠《けだる》い感じで、それが心地好かった。

今日はバスでミュンヘンに行きそこで一泊し、明日の夕刻発の便で成田に向かうことになっている。

ミュンヘンの市内観光を終えて、ホテルに着いた。

絹は会社への報告書の作成や、帰国に必要な書類の作成で時間を費やした。隆は招待客の最後の接待で忙しそうだった。

絹は一人でワインを飲みながら、賢のことを考えていた。賢は私に子供ができないことを、どう思っているのだろうか。私と別れて、新しい奥さんを貰う気があるのだろうか。それならそれでよいではないかと、絹は思った。


今日は空港に行くまでは自由時間である。ホテルに午後四時集合ということで、ツアー客は全員お土産を買いに、三々五々街に散って行った。

隆も招待客を案内して買い物に出掛けるからと電話があり、その時「絹ちゃん、お昼一緒に食事しようよ。」と隆が言ってくれたので、午前十一時に、マリーエン広場の市庁舎の仕掛け時計の下で、待ち合わせることにした。

午前中は、昨夜作成した報告書を見直したり、航空会社に帰国便の確認をするなど、あわただしく過ごした。一通りの仕事を終えると十時半を少し回っていた。

絹は急いで白のコートを羽織りホテルを出た。

街のところどころに生い茂っている木々も、秋の色を濃くしていた。

ときどき舞い落ちる色褪《あ》せたポプラの葉が、絹の気持ちを寂しくしていた。こんな時、人は人恋しくなるものなのだろうか。

絹は、むしょうに人の温《ぬく》もりが欲しかった。

マリーエン広場は、相変わらずごった返していた。

この広場の市庁舎の仕掛け時計が、午前十一時に鐘の音を響かせ、大きな人形たちが動き出して、最後に雄鳥が鳴いて終わるのだが、その間十分ほど人々を楽しませてくれるので、観光客や恋人達の待ち合わせ場所として人気の広場である。

そこは、抱き合った若い恋人達や、年老いた妻を労るように支えながら歩いている老人、楽しそうに語らっている若い娘達などで賑わっていた。

絹は、その仕掛け時計の下で隆を待った。

隆は雄鳥が鳴く直前に駆けつけてきた。

「ごめん、遅くなって……」

「ううん、私も今着いたの。」

二人は肩を寄せ合ってレストランに向かった。そして広場近くの瀟洒《しょうしゃ》で上品な店に入った。

絹はワインとポテトサラダを注文した。

「絹ちゃんは、五年前の創立三十五周年の同窓会に来なかったね？」

「そう、あの時は結婚の準備で忙しかったの。」

「そうか、あの時会えていたらなぁ……」

「どうして？」

「また、別の人生があったかと思ってね……」

「そうかもしれないわね。」と言って、絹も微笑んだ。

「絹ちゃん、何か困った事があったら、何でも相談してよ。」

「ありがとう。」

「絹ちゃんの役に立ちたいんだ。」

「隆さんにそう言って貰うと、心強いわ。」

二人は店を出て、絹が今まで歩いたことのない路地の珍しい骨董品店に入った。その店は、古い操り人形や、仕掛け時計が所狭しと置かれていた。

隆はその中の一つをとって絹に言った。

「これどう思う?」

「あら、ステキね。」

それはオルゴール仕掛けで、時間が来るとドイツの代表的な民謡でブラームス編曲の「眠りの精」の曲が鳴り出し、可愛い母娘が静かに踊り出す、年代物だが豪華な品だった。

隆はそれを買い求め再会記念だと言って、絹に手渡した。

「こんな高価な物いただけないわ。」

「ツアーのお客さんからお礼に貰ったと言えばいいじゃないか。」

「そう、……それじゃ、ありがとう。」

絹もお返しにネクタイを買い求め、隆に渡した。隆は「絹ちゃんと一緒に居るつもりで、使わして貰うよ。」と、嬉しそうに言った。

絹はこのツアーが最後だからと、家にも記念の品を買うことにした。

もしかすると、あの家を出ることになるかもしれない、賢が嫌いで別れる訳ではない。私をたまには思い出して貰うには何が良いか、あれこれ迷った末に、少し高かったが、マイセンの珈琲茶碗セットを買って送った。

芙美も賢もコーヒーがとっても好きだから、きっと喜んでくれるに違いないと絹は思った。


成田に着くと、その日は少し寒かった。

絹は報告書の提出や旅費の精算のために、一旦社に立ち寄ってから帰宅した。

賢はすでに帰宅しており、絹が家に入ると、玄関まで出迎えてくれて、「お疲れさま、最後のツアーどうだった？」ときいた。

「デラックスツアーだったから良かったわ、今回のお客さんみんなお金持ちでね、何百万と買い物するのよ。」

「へえ、豪勢だなぁ……」

居間に行くと、芙美が待ちかねたように言った。

「お帰りなさい、お腹すいたでしょう、お食事の支度できていますよ。」

しばらくぶりの日本の家庭料理を三人で囲んでの食卓は、絹をほんの少し幸せな気分にしてくれた。

その夜、賢は何時になく絹を激しく求めてきた。絹も求めに応じて久方ぶりに燃えた。

「どうしても私に子供ができなかったら、あなた若くて健康そうな奥さん貰ってね？」と絹が言った。

「馬鹿言うんじゃない、子供ができようとできまいと、僕たちは夫婦じゃないか、君と別れる気なんかないよ。」と、語気鋭く、厳しい目をして言った。

絹は、どんな時でも優しい言い方しかしない賢の鋭い言い方に、驚いたが嬉しくもあった。

絹は、やっぱりこの人について行こうと、その夜は、賢の腕の中で眠った。

妊娠の喜び

一週間余り経って、絹が洗濯物にアイロンをかけているところに、賢が名刺を手にしながら絹に言った。

「近いうち、二人で虎ノ門の病院へ行ってみないか？」

「虎ノ門に？」

「そう、相川に相談して、紹介して貰ったんだ。」

相川とは、賢の中学時代からの友人で、大学の医学部を卒業し、今は東大分院にいる医師である。

二人はそれぞれ休暇をとり病院に行った。その結果、賢に異常はなく絹に排卵障害があることがわかった。

医師が絹に言った。「排卵誘発剤を飲んでみますか？」と。

しばらく間を置いて「お願いします。」と絹は言った。

絹は毎月病院に通って、誘発剤を貰いそれを飲んだ。

それでもこの年には、何の徴候もなかった。


年が明けて二月頃に、もしかしたらと思ったが、年度末を控えて忙しかったせいもあり、病院に行ったのは三月に入ってからだった。

「おめでとうございます、妊娠三ヶ月目ですよ。」医師が言った。

「本当ですか、嬉しい……」絹は飛び上がらんばかりに喜んだ。

絹はすでに両親のいない孤独な身であった。父親は絹が大学生の時に脳溢血で倒れ、あっけなく他界した。母親も絹が結婚した翌年、かねてから持病だった心臓病が悪化して亡くなった。

子供が欲しいと心底願っていたのは、絹自身であった。

賢も、何時になく早く帰宅した。芙美も、早速赤飯を炊き祝ってくれた。

「男の子かなぁ、女の子かなぁ……」賢が言った。

「私は絹さんみたいな可愛い女の子がいいわ。」と、芙美が笑顔満面に絹を見ながら言った。

それからは賢も芙美も、絹を腫れ物に触るように大事に大事に扱ってくれた。

「今日はお天気も良さそうだし、庭のお掃除でもしようかしら……」

と言いながら庭に出た絹が、松の木の下の石を池の方へと移動させようと屈み込んだその時、「絹さんダメ」血相を変えた芙美が、飛んできて絹の前で尻餅をついた。

二人は顔を見合わせ笑った。

「絹さん子供ができたんだから、お仕事、辞めたら?」と芙美が優しく言ってくれた。

「そうだ、今年度いっぱいで辞めたほうがいい。」と賢も言った。

絹が、辞表を部長に提出すると、「おめでとうございます、ついに待望のお子さんが授かったんだね。だけど、後任に引き継ぐまで居てくれないか？」と部長が言った。

結局、絹が辞めるのは五月末ということになった。

お腹の子は順調に育っていた。

調べて貰った結果、子供は女の子ということだった。

賢は早速、子供の名を「倭文」と書いて「しず」と名付けた。

倭文とは、日本の古代の織物のことで、赤糸や青糸を綾なした美しい織物の呼び名である。

賢は絹を、その名のとおり絹触りのような肌の女だと思っていた。

賢は絹と結婚するまでに、何人かの女性とつき合いもあったが、これほどまでに美しい肌の女性に出会ったことがなかった。

結婚するならこの女性だと、ミュンヘンで初めて会った時から決めていた。

その絹が産む子の名前には、「倭文」しかないと思った。

絹は少しずつ大きくなっていく、お腹を摩《さす》りながら「倭文ちゃん、元気に育ってね。」と、毎日語りかけていた。

癌の宣告

絹は五月下旬になって、どことなく口の周りが重く、軽い痛みを感じていた。

「舌におできでもできたのかしら？」賢に言った。

「すぐ病院に行って来なさい。今大事な体なんだから……」賢は絹に強く言った。

虎ノ門の病院で診察を受けると、封書に入った紹介状を手渡された。

「これを持って来週水曜日に、ガンセンターの口腔外科の佐藤先生のところに行ってください。」医師は語気鋭く、絹に有無を言わせない雰囲気で指示した。

「ガンセンターには連絡してありますから、その紹介状を渡せばわかるようになっています。」

絹は何事かと不安を感じながら帰宅した。

芙美も心配し「悪い病気でなければいいわね。」と言った。

賢も早退してきたのか早く帰宅し、「どうだった?」と聞いた。

「来週水曜日に行ってみないとわからないそうよ……」と絹は自分自身の不安を掻き消すように言った。

「何でもなければよいが……」と賢も不安げに言った。

水曜の朝、ガンセンターへ行くと、ガンセンターは診察を待つ人たちでごった返していた。見渡すと五十を過ぎた年輩者が大半であった。

癌患者が増えているという話は聞いてはいたが、絹は、「これほど」とは今まで感じたことはなかった。

受付は一般の受付と、紹介状を持っている人の受付とに分かれており、絹は、受診申し込み書と一緒に保険証と紹介状を提出した。

「そちらでしばらくお待ちください。」と言われ、待合室でおよそ一時間ほど待たされて「これを口腔外科外来へお出しください。」と受診票を手渡された。口腔外科へ行き受診票を提出すると「しばらくお待ちください。」と言われ、ここでも一時間ほど待たされた。

次に検査票を手渡され「そこを左へ曲がった先の検査室に行ってください。」と言われ、検査室に行くと、ここでもまた一時間ほど待たされ、採血された。隣に居た初老の紳士が、「検査だけでも一日がかりだ。」と言って、怒っていた。検査室は採血室・超音波検査室・内視鏡検査室・レントゲン検査室・CT検査室等に分かれていて、さながら人間修理工場かと絹は感じた。

採血を終えて、口腔外科へ行き紹介された佐藤医師の診察を受けたのは、お昼をとうに過ぎていた。

「舌の痛みはいつ頃からですか?」と医師から聞かれ、「痛みは二週間ぐらい前からです。でも口の辺りが重く感じるようになったのは二ヶ月ほど前からです。」と絹は答えた。

「そのとき診察を受けていただきたかったですね。」と医師は言った。「また来週の水曜日に来てください。」と言われ、受診予約票を手渡された。

受診予約票には十四時と書いてあったので、絹は昼頃から出かけた。

受付を終えて三十分ほど待たされ、佐藤医師と面談した。

医師の机の上には、すでにカルテと検査結果のデータ等が乱雑に置かれていた。

「舌に腫瘍があります。組織の一部を切り取って検査をする必要があります。」と医師は言った。

「癌かしら、お腹の子はどうなるのかしら?」不安が全身を覆い目眩《めまい》がして立っていられなかった。

医師はさらに「あなたは今妊娠なさっていますね?」

「はい。」

「ここには産科がありませんので、産科のある大学病院に行って治療を受けられた方がいいでしょう。」と言って、紹介状を渡され「明日、これを持って大学病院の口腔外科の小堀先生のところへ行ってください。」と言われた。

診察室を出て、待合室までやっと歩き、倒れるようにベンチに横たわった。しばらくして、通りかかった看護婦が「どうかなさいましたか？」と言って、抱き起こしてくれた。

「もう大丈夫です。」と、絹は立ち上がった。

翌日、絹は、重い足を引きずるようにして大学付属病院に向かった。

ここでもガンセンター同様にさんざん待たされた上、同じような検査を繰り返された。「何も同じ検査を繰り返さなくたっていいのに。」と絹は独り言を言いながら小堀医師の診察を待った。

小堀医師の診断を受けたのは、昼を大分回っていた。

医師は二、三質問した後、「このまま入院していただくことになりますが、よろしいですね？」と、有無を言わせぬ雰囲気で言った。

すぐに看護婦に病室へ案内された絹は、烈《はげ》しく不安の渦巻く中で、賢と芙美に電話した。

芙美は取り敢えず、入院に必要な物を取り揃え駆けつけた。賢も研究所を早退して、駆けつけた。

絹は検査室に行くように指示された。検査室に行くと奥の検査用ベッドに寝かされ、麻酔を打たれ舌の組織の一部を切り取られたようであった。

入院後いろいろな検査をたてつづけに受けた。数日して「明日ご主人に来ていただけますか？」と医師に言われた。

翌日賢が病院に行くと、待っていたかのように看護婦が来て「ご主人に先生からお話があるそうです。」と告げて、賢を診察室に案内した。

「もうお気付きかと思いますが、奥様は進行性の舌癌です。」と、医師が事務的に言った。

「家内は、今妊娠中なんですが……」賢は、足をガタガタ震わせながらきいた。

「そこなんです。今すぐにでも放射線治療を開始したいのですが、放射線治療は妊娠中の女性にはしない方がいいでしょう。」と医師が答えた。

「それでは、何を？」

「手術です、お気の毒ですが舌を切除します。」医師が言った。

絹の舌が切除された姿を想像しただけで、賢は恐れ慄《おのの》いた。

「手術すれば、家内は助かりますか？」賢が尋ねた。

「それは保証できません。しかし、このままだと三ヶ月と保たないでしょう。」と医師が言った。続けて、「お腹のお子さんも助かりませんよ。」と言った。

「お腹の子供のことよりは、家内を助けてください。」賢は医師に哀願するように言った。

賢の医学知識は耳学の域を出ないが、進行性の癌は永く保っても一年ぐらいではないか、という不吉な考えに嘖《さいな》まれ胸が息苦しく動悸した。

「奥様に、これから告知します。」と、医師が言った。

「告知は待ってください。」賢が言った。

「告知しなくてもいずれ本人にもわかります。どうせわかるならば、告知して本人が癌と対峙することの方が、治療効果が大きいと思いますが……」医師が毅然とした口調で言った。

　賢は頷く以外になかった。

　絹は恐れていたことが的中し、愕然とした。全身が震え劇《はげ》しく泣き叫んだ。しばらくその場に泣き崩れたまま動けなかった。看護婦に促されて立ち上がった時、絹は医師に向かって、お腹を摩りながら言った。

「私はどうなってもかまいません、この子だけは助けてください。」

「お腹のお子さんはきっと無事出産することができますよ。」医師は、優しく言ってくれた。

　病室に戻った絹は、その夜眠ることができなかった。「どうして私が、こんな事に……」と、悔しかった。

　癌になった全ての人が、死ぬとは限らない。助かった人の話も沢山聞いたことがある。私もどんなことがあっても、お腹の倭文のために頑張らなければと、絹は決意した。決意する事で、少しばかり気が収まった。

癌の治療には、手術療法の他に、放射線療法、抗癌剤による化学療法、そして免疫療法などがあり、これらをそれぞれ組み合わせて施し、それなりの効果を上げているようであるが、舌癌のような場合、手術で完全に癌細胞を摘出することは困難らしく、目に見えない細胞レベルで浸潤している場合が多いということである。

舌癌は扁平上皮癌と言って、比較的に放射線療法が効くと言われているが、ある程度の大きさになった癌細胞は、完全に取り除くことができないそうだ。最近では、放射線で細胞レベルの癌浸潤を殺し、癌の固まりを縮小させて、それを手術で取り除く方法が一般的療法だということであった。

絹の場合、お腹の赤ちゃんのことを考えると、医師として放射線療法は避けざるを得ず、一刻も早く癌細胞を取り除かなくてはと、手術を急ごうとしたものと思われる。

入院して五日目、いよいよ手術である。絹は、手術が終わるとほとんど食事もできなければ、話すことも充分にできなくなると思うと、やはり悲しかった。

賢は休暇をとって、絹の手術に立ち合うために病院に向かった。

大手町から地下鉄に乗った。間もなく新宿に着くと年の頃は絹と同年輩の幼稚園児を連れた母親達の集団が、がやがや言いながら乗り込んできた。

子供達ははしゃぎ、母親達は辺りに憚《はばか》る事なく大声で喋る甲高い声が賢には不快だった。

病院に着くと、絹は泣き疲れたのかベッドに横たわり寝入っていた。

賢は絹の手をそっと握った。絹は目を覚まし賢を見た。その目には涙が溜まっていた。

賢は絹を励まそうと、何かを言わなければと思うが適当な言葉も見つからず、また何を言っても空しい感じがして、ただただ絹の手をとって泣いた。

そこへ看護婦が来て、絹に手術着を着せストレッチャーに乗せて、手術室へと連れ去った。

手術室はいくつもあって、絹は一番奥の手術室に入れられた。

手術台の上には沢山のライトが輝き、周囲には医療器械が所狭しと置かれていて、絹は、ここは人間修理工場ではないかと思った。

麻酔担当の医師が、痛みもありませんし、心配することはありませんからと、絹を安心させ、手術の手順を説明した。


そこは、白壁の冷ややかな病室であった。

ふと目が覚めると、東側の窓からの光が、目に突き刺さるように射してきた。

首を横に向けようとしたが、動けなかった。

首は冷たい包帯でぐるぐる巻きにされていて、身動きもできない硬直した状態であった。

首筋に激痛が走った。

誰かに来て貰おうと、とっさに声を出そうとしたが声にならなかった。

そうか、舌を切除されてしまったのだと気づいた。

途端に、止めどもなく涙が流れ落ちた。声にならない声でひたすら泣いた。一時して、「そうだ、私のお腹の中には赤ちゃんが育っているんだ、泣いてばかりおれない、どんなことがあってもこの子を産んで、一度でもいいから私のお乳をやってからでないと死ねない。」と、天井の一点を見つめ神に祈った。「あと四ヶ月、私を天に召さないで……」と。

賢は病室に戻された絹をみた。絹は舌を切除され、転移の恐れのあるリンパ腺も切除されていた。そして呼吸管理のために気管も切開され、さらに栄養補給のために胃チューブが入れられ、右胸の上部に針が埋め込まれていた。

賢は絹のあまりに痛々しいその姿に、目眩を覚えた。

絹は、術後の痛みで苦しんだ。ことに喉に痰が絡み呼吸もできない感じで苦しかった。十分おきぐらいに看護婦が痰を取り除いてくれるのだが、一分もしないうちにまた痰が喉に詰まるのだった。

術後の傷口の消毒や口腔内の消毒が頻繁に行われて、ヒリヒリした痛みで苛《いら》ついた。

夜は、頭の芯が重い感じで眠れず、痛みと苦しみと不安に噴まれ、今夜このまま呼吸困難で死ぬのではないかと、幾度となく思った。

食事は流動食で、重湯や具のないスープ、ジュースなどが、管を通して注入された。

栄養の不足分は点滴で補給された。

「目が腫れていますね?」とよく看護婦に言われた。

絹は、痛みと苦しさと不安、そしてやがて生まれて来るであろう倭文の心配で、眠れない翌朝は、目を腫らしていることが多かった。

絹は舌を切除されて、食事も流動食を流し込むだけ、とっさに声を出そうとして声も出ない苛立たしさ、それらがストレスとなって気の塞ぐ毎日に、私は何のために生きているのだろうかと考えた。

言語障害、食事摂取不能、呼吸困難の三重苦は、まさに生きる屍ではないかと思った。

それでも、お腹の子のために頑張ろうと思い、特に賢の前では明るく元気にふるまった。


賢もここのところ塞ぎがちで、絹は心配だった。

「賢さんにはしっかりして貰わないとお腹の倭文はどうなるの」との思いで、「あなた、しっかりして……」と声にならない声で賢を励ました。

賢は、意外な絹の言葉に励まされ、自分がしっかりしなければ絹を一層悲しませることになると思い直して、気を奮い起たせるのだった。


賢が朝早く病棟に行くと、ナースステーションでは、鼻からあるいは下半身から何本もの管を出し、点滴用のスタンドを右手で押しながら四～五人の患者さんが行ったり来たりしていた。ここはまさに改造人間の世界だと思った。

一週間もすると首の手術の傷跡は意外に綺麗になっていた。日が経つにつれ、会社の人達が見舞いに訪れてくれたが、口も碌に利けない痛々しい絹を見て、誰もが涙ぐんで絹の手をとり「頑張ってね。」と、言って帰って行った。

癌病棟では、子供の入院患者は見当たらなかった。入院患者の大半は高齢の男性であった。

したがって、付き添いの人は婦人が多く、朝から夕刻まで、べったりと付き添っている。それは多分、自分たちの子供をすでに育てあげ、夫婦二人での生活の中で突然夫が癌で入院し、妻一人での家の留守番も落ち着かず、毎日病院通いとなるのだろうか。

婦人達は、そこで懸命の介護をしているかというと、必ずしもそうではなく、むしろ介護のじゃまをしているのではと思われることも少なくなく、病棟のロビーを占拠し、病院の患者用に用意してあるお茶をわが物顔で飲み、お茶菓子を広げ、話は夫の話から始まり、趣味、手芸に及んで、手芸教室まで始まる始末である。そんな光景を賢は苦々しく眺めながら、絹のような若い女性が他に見当たらないことを思うと、絹が不憫でならなかった。

賢は、絹の言うことがほとんど聴きとれないので、手話を教えることにした。賢は学生時代にボランティア活動をしていたことがあり、口の不自由な人達と話をするために手話を習ったことがあった。

絹の覚えは良く、日常の事はたまに筆談を交えれば、不自由しなかった。

七月に入って、絹の高校時代の親友岸典子《のりこ》から電話があった。

高校生の頃の典子は剽軽《ひょうきん》で明るく、ときどき駄洒落《だじゃれ》を言っては、みんなを笑わせる人気者の美人だった。

一方、絹は清楚で凛《りん》とした美人で、多くの男子生徒の憧れであった。

二人は、男子生徒の人気を二分していた。したがって、二人は親友であると同時にライバルでもあった。

その典子が、同級生の前田良子《よしこ》と一年先輩の隆を伴って、見舞いに来てくれた。三人は今同窓会の幹事をしているということだった。

典子は同窓会の幹事全員で折ったという千羽鶴を、良子は深紅のばらの花束を抱えて、隆は大きなダンボールを下げてやって来た。

典子は絹のあまりに痛々しい姿を見て、言葉もなかった。

前田良子は今、日赤の産院の看護婦をしているということだった。

「私にお手伝いできる事があったら、何でも言ってね……」と言ってくれた。

隆も慰める言葉が見当たらず、「このダンボールには癌に効くと言われている、アガリクスという乾燥茸が入っている。何の副作用もない筈だから是非試して欲しい。」と言って、帰って行った。

隆の置いていったダンボールの中の説明書を読むと、アガリクスとはブラジルのサンパウロから三百キロ離れた、ピエダーテ地方の山地だけに自生する珍しいキノコで、現地の人達はこれを神のキノコと呼んでいるそうだ。大変稀少で高価な物らしい。

ピエダーテ地方に住む人達が長寿で、癌などの成人病の発症率が極端に低いというデータに注目した、アメリカのペンシルバニア州立大学が研究を開始したことから、一躍有名になったようである。

しかし、このキノコは栽培が困難で量産することができないらしく、一般の人には手に入りにくい物のようである。

隆は幹事みんなのカンパだと言ってはいたが、隆が工面したに違いないと絹は思った。

絹はこれを芙美に煎じて貰い、助かるものなら助かりたいと、毎日飲んだ。

典子は毎週のように、見舞いに来てくれた。

「男性の憧れだった絹ちゃんが、こんな病気になるなんて……」涙ながらに「頑張ってね。」「頑張ってね。」と、何度も何度も繰り返し言っていた。

絹はこの頃から、激しい痛みに襲われることが多くなった。

「この子さえ無事出産できたら……」と、絹は死を覚悟していた。自分の命と引き代えてでも、倭文の命を守ろうと決意を固くした。

賢も絹はそう永くないことを覚悟せざるをえなかった。

賢は絹が何故こんなことになったのか、その原因は何かを考えずにいられなかった。自分の煙草のせいなのか、排卵誘発剤がいけなかったのか。

今さらどうすることもできないが、一人床につくとそのことで頭の中はいっぱいだった。

賢は絹の手術の日から、煙草は止めていた。

賢は絹に何かしてやりたかった。何をしてやればよいのか、それは絹の心配事を取り除いてやること以外にないと思った。

それにはまず、出産の不安のないことと、これから生まれて来る倭文の育児の心配のないことを絹に伝えることだと考えた。

自分が母と力を合わせ、口の利けない絹に代わって倭文を立派に育てるから、安心して治療に専念するように幾度となく話をした。

芙美も、繰り返し絹に、「お腹の子は順調に育っているそうよ、お産の心配はないわ。生まれて来る倭文ちゃんは私が責任をもって、必ず立派に育てますからね。」と言って安心させた。

絹も賢と芙美が、繰り返し言ってくれる優しい言葉に安堵した。

後は、無事の出産を祈るばかりだった。

出産の喜び

いよいよ出産の時期を迎え、絹は口腔外科から産科へ移された。

産科では、特別室を設けて迎えてくれた。

予定の日から一週間ほど後れて、陣痛が始まった。病院では絹の口が不自由なことから、担当看護婦に手話のできる者があてられていた。

この時、絹の気持ちは烈しい痛みの中でも、まだ見ぬ倭文を出産する喜びで充実していた。

賢も陣痛が始まったことを報され、病院に駆けつけた。

陣痛が始まってから十時間ぐらい経って、出産が始まった。

「おっ、これは何だ……」と医師が大きな声を出した。

立ち合っていた賢は、何か異常でもあるのかと一瞬不安が過《よ》ぎった。

「あぁ、頭の毛か。」と医師が言ったので、側に居た看護婦がくすりとわらった。

元気な倭文の泣き声が聞こえた。

生まれたままの倭文を助産婦から手渡されて、すぐに乳を含ませた。

絹は嬉しさで胸が熱くなった。

賢も絹の喜びに満ちた笑顔と、生まれたばかりの元気な倭文をみて安堵した。

絹は、陣痛の痛みもすっかり忘れ、元気に泣くわが子を抱き寄せ、幸せいっぱいの喜びを全身に満ちあふれさせていた。

三時間毎の授乳は、絹にはきつかったが、「ミルクにしては?」と言う助産婦のすすめも、「いえ、大丈夫です。」と、きっぱり断った。

絹は命ある限り自分の乳で、倭文を育てようと決意していた。

幸いにも、絹の乳の出は悪くなかった。倭文はあまり泣くこともなくおとなしい子で、よく眠ってくれた。

ときどき見せる倭文の笑顔は、ほんとうに愛らしく絹を幸せな気持ちにしてくれた。


絹の出産を聞いて駆けつけてくれた典子が、「絹ちゃん、いい子産んだじゃない、こんな愛くるしい子を、絹ちゃんに似て美人になるわ。」と、わが事のように喜び祝ってくれた。

日赤産院の看護婦をしている良子も、ときどき来ては倭文の面倒をみてくれた。

倭文が生まれて一週間して、自宅に帰ることになった。絹には約五ヶ月ぶりの帰宅であった。

芙美が、倭文のお七夜の祝膳を用意しておいてくれた。

「倭文ちゃん、おばあちゃんですよ。」と言ってベビーバスケットから倭文を抱き上げげた。その姿は、嬉しさいっぱいで喜々としていた。

「これどうかしら、倭文ちゃんの初宮参り用に、私が染めて仕立てておいたの。」と言って、絹に見せた。

それは、深紅の地色に金彩束ねのしと、御所車を染め抜いた艶やかな明るい祝着だった。

芙美は、若い頃から友禅染を習っており、自分で染めて仕立てた着物も沢山あって、その何枚かを絹も貰ったことがあった。

「これから、倭文ちゃんにいろいろ創ってやれるから、楽しみだわ。」と嬉しそうに言い、「四人で、初宮参りしましょう、近くの氷川神社がいいわね。」と言った。

絹もせめて、それまで元気でこの家に居たいと思った。

帰宅して五日が過ぎて、大学病院へ検査を受けに行った。

絹は倭文の初宮参りまでは自宅療養したいと、医師に頼んだが、充分な治療ができないということで、また、入院することになった。

入院は、それから三日後に決まった。

入院の前日、絹はこの家でくつろげるのは今日が最後かと思い、ミュンヘンから送っておいたマイセンの珈琲茶碗セットを出し、その茶碗にコーヒーを入れて、芙美と賢と三人で飲んだ。

「マイセンのこの深い藍色はいいわね。絹さんの最後のツアー記念だから、大事にしましょうね。」と芙美が言ってくれた。

賢も腫れ物に触るように労ってくれ、絹は、自分の家がこんなに居心地が良いものとは、今まで思ってもみなかった。

その夜は、倭文を真ん中に賢と川の字になって寝た。

明日は、再度大学病院に入院しなければならないと思うと、寂しさは拭い切れなかった。

わが子との別れ

絹の体は、再入院の直後から日に日に衰えを見せてきた。倭文の授乳も随《まま》ならず、ほとんどミルクに切り替えられていた。倭文の育児は、絹から芙美へと移っていった。

絹の生きる希望である倭文を全く離してしまってはと、芙美は毎日のようにタクシーで倭文を抱いて病院に通った。

絹は元気な時には、倭文に乳を与えた。オッパイに吸いつく時の倭文の嬉しそうな笑顔は、絹に胸いっぱいの喜びを感じさせてくれた。

絹は自分の声でわが子を、あやしてやれないことが悲しかった。賢に頼んで「ブラームスの子守歌」のレコードを家から持ってきて貰い、それを倭文に聴かせることにした。この歌は絹が高校生の時、合唱コンクールで歌った曲であった。

倭文は心なしかこの曲を聴くとすやすやと寝入るように、絹には思えた。

絹はつくづく思った。私の一生は短いかも知れないが、優しい父母に育てられ、成人して恋もし、結婚し、そして出産できたことは、女として充分幸せな人生ではなかったかと。


病室から見える東京の街は、ビルが林立し、その谷間には車が鎖を繋いだかのように縦列して走っている。

所々にあるマンションには、楽しい家庭もあれば悲しみに暮れている家族もあるだろう。自ら命を絶つ人もいれば、不幸にして交通事故で亡くなる人も少なくない。

波乱万丈の人生もあれば、十年一日の如く平穏無事な一生を送る人もいる。

人それぞれであるが、私の人生は愛に包まれた一生だと、言っていいと絹は確信した。

長生きさえすれば良いというものでもあるまい。短い一生でも充実した素晴らしい人生もある筈である。私の生涯はあとわずかかも知れないが、その限りある命を、わが子倭文のために精いっぱい生きようと思った。

今日は、倭文の一ヶ月検診の日である。芙美が絹に代わって病院に連れていってくれた。

「どこも悪いところないそうよ。」と言って、倭文を手渡した。

絹は早速に、倭文に乳を与えながら、「明日は、倭文が生まれて三十二日になります、初宮参りをお願いします。」とメモ用紙に書いて、芙美に見せた。

「そうね、明日は大安だし、賢とお参りしてきます。絹さんも行けるといいんだけど、残念ね。」とすまなそうに言った。

芙美と賢が初宮参りを済ませて、病院に来た。芙美は薄紫の小紋を着て、抱いている倭文には深紅の祝着を羽織らせていた。

陰鬱《いんうつ》な病室は、一変したかのようにぱっと明るく華やいだ。

病院の先生方や看護婦さんに赤飯が配られ、入れ代わり立ち代わり、「おめでとうございます。」と、声をかけられて、絹は嬉しかった。

絹の病状はこのところ日増しに悪化していた。妊娠中に癌細胞が増殖したものと思われる。

「奥さんは、あと一ヶ月以内だと思ってください。」医師が賢に言った。

賢はできるだけ休暇をとり一時でも永く倭文を絹の元へと、倭文を抱いて病院に通った。

絹の病状は、一向に好転しなかった。

賢は、癌に効くといわれるあらゆる療法を医師に試してもらった。

リンパ球治療が良いと聞けばそれを取り寄せ、丸山ワクチンが効くと聞かされればそれを買い、その療法を絹に施してもらった。

しかし、悉く期待は裏切られ、何の効果も認められなかった。

医師は、もうこうなっては全て無駄だということを承知で、患者の家族の気がそれで済むならばと試してくれたのだった。

絹自身も自分の死期が近付いていることを感じとっていた。

倭文が、健やかに育つだろうか、病気はしないだろうか、怪我をしないだろうか、母親がいないことでいじめられないだろうか、絹の取り越し苦労には際限がなかった。

あまり心配してもどうなるものでもない、全ては賢と芙美にお任せしようと、

お義母さま、不束な私を賢さんの嫁として、ご自分の娘のように可愛がってくださり有り難うございました。私がこんなことになってほんとうにご免なさい。倭文のこと大変でしょうがよろしくお願い致します。

絹

芙美さま

便箋に書き、「倭文のことよろしくお願いします。」と、賢に言い、これをお義母さまにと、賢に託した。

絹はここ数週間、全身の痛みに耐えかねていた。全身に激痛が走る度にもう楽になりたいという思いと、倭文を見る度にこの子のために頑張らなくてはという思いの繰り返しであった。

口の周りは癌細胞に侵され、顎のあたりは固くなって思うように動かなかった。絹は、歪んだ自分の顔を見るのがとても恐ろしく、自分の顔を鏡に映そうとはしなかった。

一時、痛みも和らぎ穏やかにベッドに横たわる絹は、聖母マリアの如く神々しいまでに美しかった。均整のとれた端正な顔立ちに透き通った白い肌は、病の床に臥してからもなお、その美しさは耀くばかりだった。

賢は、これほどまでに美しい絹を自分の妻にできたことが、どんなに幸せな事だったか今さらながらにしみじみ思った。

顧みるに、なぜもっともっと絹を大事にしなかったのか、悔やまれてならなかった。こんな事になる前に、自分が充分気付かっていれば防げた事ではなかったか、という断腸の思いで反省と悔恨が渦巻き、狂人の如くもがき苦しんだ。

許されるものなら、絹と共に旅立ちたい衝動にかられた。

しかし、絹の声にならない声で、「倭文ちゃんをお願いね、あなた、しっかりして……」と言う、言葉に諫められ、はっと、われに還った。

絹は、これが、最後になるかも知れないと感じながら、倭文に乳を与えた。

倭文はお腹がいっぱいになったのか、絹の腕の中で寝入ってしまった。

絹は、倭文をベビーベッドに寝かせ、枕元の便箋をとり、わが子倭文への別れの手紙を書き始めた。

今、あなたはママのお乳を口に含んで、強い力でお乳を飲んでいます。

ママは間もなく、あなたとお別れすることになりますが、ママはあなたを産むことができて幸せでした。あなたをママのいない子にしてごめんなさい。でも、あなたには、とっても優しいおばあちゃまとパパがついていています。きっと、あなたを立派に育ててくださるでしょう。

あなたもおばあちゃまとパパの言うことを良く聞いて、素直な明るい子に成長してください。

あなたに何も残してやる物もありませんが、ブラームスの子守歌のレコードを残していきます。

この曲は、ママが高校三年の時に全国高校生合唱コンクールで歌った曲です。

あなたも大きくなって結婚して、赤ちゃんが生まれたら、その赤ちゃんに、この子守歌を歌ってやってください。

あなたのママとして、あなたに何もしてやれなかったママを許してください。

どうか、ママの分まで幸せになってください。

あなたのママ　絹より

倭文ちゃんへ

手紙を書き終えると、レコード盤と一緒に箱に入れ棚に置いた。

そして、ベビーベッドを手元へ引き寄せ、静かに眠っている倭文の寝顔を覗き見るようにしながら、絹もいつの間にか寝入ってしまった。

それから数日して、意識が朦朧《もうろう》とする中、わが子への思いを沢山残して、天国へと旅立った。

枕元にある仕掛け時計の針は、ちょうど十時を指して、「眠りの精」の曲が鳴り出した。いつもならそこで可愛い母娘が踊り始めるのだが、どうした訳かこの時は踊り出さなかった。

合掌

あとがき

最近、新聞紙上には連日のように幼児虐待が報じられているが、自ら腹を痛めてやっとの思いで産んだわが子を、無惨なまでに虐待し死に至らしめてしまう母親の心理は如何とも理解し難く、これを社会的病理現象と捉えるべき問題なのか定かではないが、一日も早く対策を講じ、子供の生命を守れるようにしなければならない。

一方、どうしても子供ができずに悩んでいる夫婦も決して少なくない。

子供ができない不妊原因にも多々あって、その治療法も医学の長足な進歩により相当の部分は解決されているが、全てとは言い難く、代理出産や試験管ベビーのような倫理上の議論を必要としている問題なども多く、まだまだ医学上での困難な問題も山積している。

子供を育て慈しむ心は人間自然の発露であり、自分の分身ともいえるわが子を産み育てたいと願うのは、自然の理にほかならない。

しかし、そうした願望も容易に満たされない場合が少なからずある。この小説は全くのフィクションではあるが、著者の身近な女性にあった話で、著者が盲腸癌と宣告され二度の手術と三ヶ月余に及ぶ入院を余儀なくされた間に完成させたものである。

癌病棟の入院患者には肺癌・大腸癌・胃癌等が多く、たいていは高齢者であるが、稀に若い母親が幼い子を抱えて進行性癌と宣告された話など聞かされると、誰もがせつなく空しい思いをさせられる。

この物語は、そうした一女性の話である。

結婚して五年も経つが子供に恵まれず、病院で検査した結果排卵障害があることがわかり、それから排卵誘発剤を飲み続けてついに妊娠する。その時家族一同どんなに喜んだことだろうか、五年もの間待ちに待った待望の赤ちゃんが授かったのである。その幸せに酔いしれて、出産の日をまだかまだかと待ち望んでいたに違いない。

それが、一転して妊娠六ヶ月目に進行性舌癌と宣告されて、家族の夢も希望もどん底に突き落とされてしまったのである。その時の家族の落胆は如何ばかりかと想像される。

どうせ助からない命ならば自分の命に代えてもせめて、わが子を産み残して行きたいと願った母親の気持ちに思いを馳せる時、母親のわが子への幾多の思いがしのばれてならない。

殊に母親がいないことでわが子がいじめられはしないだろうかとの心配は、いじめ問題が深刻な昨今の教育現場を考えると、胸が締め付けられる思いである。

最後に、この小説を書き上げて思うことは、一日も早く完全な癌治療法が確立されることと、不幸にして親を亡くした子・親がいても親に捨てられた子らが、等しく安心して養育され、それ相当の教育を受けられる社会になってもらいたいと願うことである。

著者しるす

著者プロフィール
山﨑 逆睹（やまざき げきと）
1936年、静岡県三島市に生まれる。
さいたま市奈良町在住。

命限りありて

2001年 12月15日　初版第 1 刷発行

著　者　山﨑 逆睹
発行者　瓜谷 綱延
発行所　株式会社 文芸社
〒112-0004　東京都文京区後楽2-23-12
電話　03-3814-1177（代表）
03-3814-2455（営業）
振替　00190-8-728265
印刷所　株式会社 平河工業社

ISBN4-8355-2991-X C0093